海峡よおやすみなさい

紺野とも

港の人

I　きょうをしたためる

おやすみマイラブリー

ざわめきを端折ってキュンとしてたアフターダークのデニーズ消失は
夢の上と夢の下。楽しいだけに終わらせてくれたためしのない東急裏、
どこにあってもたどり着けないあの夜の眠り。自分の毛をすべて編み
終えて羊が息をひきとったから不眠の夜でも数えられず寝起きのまま
でいつづける。工事の終わった始発駅には人身御供の女の子が自動改
札の下に埋まっている

乗換駅の高低差がおそろしくてもエスパー魔美の原理でミンティア自
分にぶつけテレポーテーションすればタマQにきっと間にあう。南に
浮かぶのは戯れてしなだれたかすみ目の月

ジャーのごはん炊きあがるまで蓋とるな
シューの生地焼きあがるまで扉あけるな

受け入れはしても
あきらめに似た安定感のウェッジソールを
愛するなんてできないの。
靴脱ぎながら勢いつけ
引きちぎるつけまつげ、

（おやすみマイ・ラブリー）

じゅんすい

金曜日の骨董通りはいつもの節くれたアスファルト、切り落とした記憶を飲みこんだ一九時の腕《かいな》。脇道にそれスペインバルの裏手に水溜りを見つけ嵌まり込んだら誰も気づかないくらいに色を持った液、そのなかで最後の書写に勤しむ
姿を見られてしまえば仕舞い、最早キーボードしか似合わないこの手に三菱鉛筆Ｕｎｉ握る、正しく持てるそのことだけは永遠の誇りに。寝床にしていた原稿用紙の束から旅立つ日を控え

もう使わない紙なのにきれいに

二つ折りにして重ねる何百枚も
重ねる
はんぶんになっていくうつくしい魚尾
魚尾【
魚尾【
魚尾【
濁った純水の薄く黄色い香りに包まれ
二つ折り続ける背中を〆張鶴が往った

いつも折り畳んでいた身であれど
折り鶴を完成できたためしはない
だからあの飛んだ首も伸びたまま
けして曲がってはいなかった——

水のなかで肌がとけてゆく
　それは酸性の涙

夜だというのに
上がる気温上がる体温
油まみれになる

殻が取れて剝けた足がはじけるといつの間にやらアヒージョになりにんにくのにおいがとれない。パエリアはできあがるまでに三〇時間かかります、まだ人生をあきらめきれないムール貝を説得するのに少々手間どっているのです。むきえびがまとっていたかたい尻尾の山に隠れるムール貝が躊躇《ためらい》の嘆息を吐き続け潮吹きの閾《いき》。魚尾をそっととばして次の行へと綴る勇気をお持ちなさいなと告げたいわたしだって、

骨董通りから表参道へ向かう途中にＡ１出口の階段があるからそこより先にはいつもゆかない

真ん中にいるおしまいの魚尾
ていねいに折りたたむ

香る純水にふやける指先を舐めると甘酸っぱいからすこしだけふわん、なのに気持ちはよくなって

水玉

ひとつぶずつつまみ上げては
積んでなでてつぶした
流れる音を聞きたくなくて
出ない声を響かせうなだれた

てのひらを差し出して宙を絞り
夜に落としたしずくは
女の子たちの頬だけを伝い

きらめいて、はじける

ホームから見つめる線路に粒がそそがれ
割れては流れゆく
その先に海は広がるようでいて
しかしゆきどまり

求めなくても
六月が湿り気を与えるのをやめないから
明ける日はまだずっと遠い
空気には水紋の気配が満ちたまま

空と海を攪拌しながら混じりあい

西をめざした前線
さかさに滴れしずくたち

ひとつぶずつつまみ上げては
重ねてなぞってくずしている
そのたびに堅固になる涙型
溌剌と撥ねて堪え
おさえてもつぶれない

ねえ、そうでしょう

風呂場

建設中のマンションがホテルの跡地だということ、これは東京の近郊ではよくある事実で、新築の瀟洒な部屋に住む人はいつもどこかで揶揄されている。だからもうすぐできるホテル井之頭マンションに住むことになる人も、満開の花を部屋から見るとき指をさされるのだろう。温泉宿みたいな湯茶セット、白色蛍光灯、部屋で書かされる宿帳と前払いの宿賃と。三日やそこらは湿ったにおいが服からも記憶からも離れない。それは人間の執着の具象化。バスルームなんて洒落たものはこの部屋には備えられていない。ケロリンの桶が転がっているお風呂場しかない。事務服のおばちゃんがこそっと耳打ちする。井の頭公園の池の底はここにつながっていてここが神田川の源泉なのだと。ベッドを抜け出してもぐってゆく。青緑の丸タイルに囲まれた床の排水溝からもぐってゆく。白い小魚と一緒に泳いでおなかがすいたらそいつを取って食べる。苦い魚は生きながらにして茹だって白い。あったかいお湯からきたからね、海にゆくのねおしあわせに。適当なところで戻ってヘドロのにおいがする身体をこすって洗ったら朝が来る。どこにも行かなかったふりをして布団をかぶる。布団のにおいだけが残り、人のにおいはすぐに消える。起き抜けにミンティアを噛みつぶし夢に見た、誰かが梅ミンツをばらまいて無数の梅ミンツが転がり池から流れ出す。あたたかなお湯と石鹸の泡を思い描くのに、お風呂に浸らないまま寝入っている――こうしているあいだに染みがとれなくなってしまう――そして風邪をひいて寝込む。マンションの下には死んだ魚と死んだわたしたちがいる。建てられる前から事故物件。

お八つ

頭部からいただくと尾頭つき《たいやき》の腹からは殻つきのたまご《白玉》ふたつがのぞく。白目を剥いたように死んでいるその姿をみんなが写真にとってタイムラインにずらずらと並べる。白目だって、がんばればちゃんと目は合う。だから問う「わたしが紗倉まなじゃないのはなぜですか」口は食うてしまったので返事はもらえない。「わたしが中村里砂じゃないのはなぜですか」一般女性の存在価値は美人モデルの唇のしわ一本くらいか。

どんなに興奮しても前のめりになってはいけません、椅子の背に自分の背中をくっつけてください。飲み込んだ白目ふたつがおなかのなかで眼光鋭くて捻転する。そして暗転する（ちがう暗転しない）和事は極めれば荒事になる。和事（れんあい）荒事（むつみあい）、どちらが欠けても詩にはなれない。

奈落はときにギロチンであるから、切り離されないように気をつけて変化なさい。道成寺の鐘は一年に百八つの魂を奪っているそうです。いまここにいるわたしは白拍子花子ではありませんが、踊り狂って死んだっていい、見栄は張るものではなくきるものです。となりの畑からもいできた梨をしゃくしゃくとしながら録画したきょうをコマ送り（長廻しは好きじゃない）歌舞伎揚げに早変わりしてごろごろと甘辛いからだを遊んで夜半を過ごす。子丑も寅も踊り鳴く。

やわらかな骨はやがて煮くずれて

コールドストーンの上で混ぜられてワッフルコーンにのりたい日には
たまご型のチョコレート抱きしめる。白いキャミソールが茶色くなる
ほどに頬ずりしたセミスイート、ゆすると空洞に息の根響き、くぐも
る鼻濁音求めて湿った砂の上に溶かすコーティング、プラスチックの
たまごが正体を現すまで抱きしめて

限界値を超える百葉箱
飲み込まれる温度計《thermometer》

勢揃坂のうえ、簾《すだれ》のかけられている空を飛べないはずのエピオルニスが群れなしてわたる。地面には巨大な割れたまご、そばには包み紙カラフルな星もようのアルミ銀紙、あの鳥たちはきっと海洋堂のフィギュアなのでしょう特別大きな箱入りのチョコエッグ。ほら翼の樹脂欠けて落ちてくるよ、かわいそうな鳥骨《鶏ガラ》を拾え。酷暑の既成事実を煮詰め、キャンベルの空き缶に閉じ込め

明治おいしい牛乳で
三倍にまで希釈した
季節変わりの憐れみの

砂の中に埋まって穴蜘蛛の術、偽りの飛行から脱落して砂丘をさまようエピオルニスの正体あらわして飛ばずに走る足首をひっつかんで捕獲、日焼け止めのにおいがするその鳥はイーディーと名づける。飽き

るまで撫でかわいがり、今生の証として一緒に写真を撮ったマンホー
ルごしのファインダー

二〇〇個の赤白の缶を限界まで積み上げたり、二〇〇個の青白のパッ
ク並べて倒したり。白いスープカップと丸く掬いやすいスプーン、雪
平鍋の中の黄色い液体が煮えたぎるまで二〇〇個の空き缶と二〇〇個
の空パックのゲームして待つつもりが缶切り不要のプルタブの簡単に
あくはずの蓋を未だあけられない

西麻布／外苑前／群れから落ちる骨を拾った瞬間、分泌させられるミ
ルクとスープ、吹きこぼれて環状四号線に帰結していけばやがて一本
の線になる。固いたまごから生まれるのに骨は脆く飛べない鳥が再び
群れをなす

未開封のキャンベルスープを簾の空まで積み上げ
全部使って楽しむリバーシ《オセロゲーム》
赤と白と
白と青と
青と赤を
ひっくり返し
ないまぜにして
已然形のままで飛んだ鳥たちの羽音
（ほら）
いっしょに聞いた夏のこと
伝えたくて
思い出してほしくて
拾ったカラザに切手貼って送る

Ⅱ　ひびのかて

acid poem

世界はすべてタグ付けされたものたちの流れ。オーガンジーかろやかにクラフトピュアネス、裾だけが浮遊してドレープはきっと最先端。養生を解かれたばかりの床はすでに靴跡に満ち、壁では新しい擦り傷がなじみの顔をする。そんなに遠くへはいけない人たちが重たげに浮遊する円環《サーキュラー》、4階のバスターミナルからのぞきこむと甲州街道は他人のふりをしてくれる

情禍
近代的な愛憎を包摂する
タワーの美しさ

午後のセミナールームで不可逆性を持つ伝道者《エバンジェリスト》たちがポインタで指示した先がここだったの、きっとまちがいない。立つ足はニトロセルロース製でタンジブルビット、青い光とともに揺らめき。永の恋病《こいわずらい》を詮索し、無言のメッセージ画面、入力しないコマを送信している事態を嘲う。近視眼的に鳥瞰するトリ目の夜には仮想《クラウド》が混雑するから、音は空事でしかない

ファッションの鉄則は引き算なのに愛の悪癖は足し算なのに、＋－のいずれかで0にするには2を行うかなにもしないかなんて証明がにがい。発ってしまえば道はいずれも一方通行でバスはもう帰ってこないらしい。けれど小夜《さや》さやと更けるまではここにいて、未来《ミライ》を見上げられるここにいて感じましょう、新しいエスカレーターの発する静かな細波を

それはくすぐったさ

手にあまるほどに

情禍

F5ではじめた物語。自分の意識に常に無自覚であろうとしてもすでにぎりぎりまで進行しているステージをスルーさせたりはしない。ＩｏＴ、遠隔操作《リモートコントロール》、めざせ特異点《シンギュラリティ》。拾った人工知能《ＡＩ》にメラミンの粉ふりかけてセンサノードの負荷を低減する。向けられた背中は斬るためにあり着信しない端末もいつかは堰を切る。その奔騰の渦でゆがいてよゆがいてよゆがいて、ゆがいて、ゆがいて、

煌と

窩から

潤み

注がれ

気づき《リマインド》のにおい、ぎこちないセンシング、赤く光って客寄せをする大型コインロッカーの空室から未消化の骨が風説が誘う。未来みたいな時を差し出されても移ろうのは過去の景色ばかり。行く末は転じてまた戻る具体性《インカネーション》。帰還《アクチュエート》させてあげるから目をつぶらないで、遠慮はしないで（お待ちなさい）

誰の姿もうつさない高いガラス壁なめあげ
ネイルの乳白色を美しさにとどまらせること考える
初夏／眩い表層／共鳴《レゾナント》／

ミライナ

ラバー・ソウル

渋谷区渋谷四―四―二五の敷地内で雪合戦をして雪玉を頬で受けとめたのを合図に、目覚めたのは夜二三時のベランダだった。桜の満開でも夏の海岸でも毬栗《いがぐり》の狭間でも眠るのがとても好き。うずもれて眠ってみても死なないものだと摑んだ東京の雪をかじると硬い歯触りが食道を傷つけながら流れてく。眠ってるだけでも睫毛は天に向けて巻いておきたい、そこにたまる雪粒がたのしいからくるんとしておきたい。

あしたもまたオフィスグリコのカエルの口に百円玉を食べさせておなかからロースト味のプリッツを引き出そう。減った分だけまた入れてくれる置き薬、B５サイズのケースに満たされているコンパクトなリフレッシュメントがのこされたわずかなやすらぎです。毎日数時間ずつ支えてくれる兵糧のようなお菓子たちありがとう。

チョークの腹で雑に塗られた黄色が夜を汚し耳鳴りが静寂を壊す。冷え症の身体が握った雪をさらに凍てつかせ、夢を思い出して頬にぶつければ冷却パックしてくれる。きれいな絵画を彫刻を映像を好むこともできず、旅路を愛することすらできない感受性から遠く乖離した抑揚のないこの容器《うつわ》の口にたくさんの空気を入れてふくらませ、三階のベランダから落として割ってしまえば凍結したアカウントは元に戻るかもしれない。

スカイツリーも東京タワーも六本木ヒルズも見えるからどこにもいかなくたっていい、ただ思っていればいい西の果てのあの海峡のことも。

銀貨を軽く落として引き出し続けるひんやりとした箱、ここここそがオフィスグリコのカエルのこころ、引っぱる指を待つだけの、つめたい靄の直方体。

コンバージョンレート／ルート317

ビルを背負う社《やしろ》が人々を飲み込む。池は杜《もり》になり開削され夏だけの滝を越えればそびえる三角屋根。冬の光はバナナの繊維を編んだトートバッグに収まり、あこがれていた人のまなざしのように鋭くつめたさを帯びている。初台あたりで左に曲がり山手通りを進むとうしろ側には甲高い魔弾の射手、刺された痛みが憎らしいけど切り裂かれても見えはしない傷、所詮は背中の皮。南の空気は否が応にも明るく見えてしまう、だから北はいつもかわいそうで、あの池の跡地の薄暗さは池底だった地面に象嵌された水のたまごの嘆き。

このあたりはやがてロボット特区と化し、住民たちは小屋に押し込まれてしまうのだ。スマートゲートウェイの牛たちが、一度は死んだ牛たちがそのことを知って笑い、自分の舌を引っこ抜きパック詰めしてホルスタイン柄の箱で出荷する。人々はそのモジュールを学び、クエリを作って牛の戸籍をデジタル化することで一杯の牛めしにやっとのことでありつける。

参道の長い谷の奥、恒常的に縁日が催されている段々。神様が三区画ごとに居住することを定められているおかげで狛犬たちは食いっぱぐれないと笑い鳴く。商店街で西京焼き弁当を作っては運ぶ金兵衛は、そんな社会のしくみを知らない。ここは別世界、代々幡のはずれ、神社の杜はきょうも眠る。神様は八百万人もいるから大抵の人はいつも眠っている、ごまつぶのように塩に埋もれて寝息を立てている。意地悪をしたくて鈴を鳴らし五円玉を投げる、起きなさい、夜眠れなくなりますよ。

ＬＰ《ランディング・ページ》という名の地点標。駅の階段はせまくいつも人が降り、南側に広がる航空の道には主のいない飛行機雲のような念がのさばる。ＣＰＣ《クリック単価》を下げてでもＰＶ《ページ・ビュー》を稼ぎたいと二礼二拍手一礼を繰り返す帰り道、この行程を何と呼ぶ。

圧縮・解凍ポリノシス

そして菜の花は浮上する。毎春食べたふりして湖に沈め続けつめたい空気に曝し氷結させた苦いみどりの、束になって迫りくる浮腫。鼻をつけて透明度の高い深い塊にみどり色を見下ろすと脚の付け根が痛む

アプリでの加工を失敗し連動している瞳孔が開きコンタクトレンズがこぼれてゆく。思いの屑を払うべく受信ボックスのメールのハイパーリンク辿り firestrage から頂戴するものは「paradise regained.exe」マウスオーバーすると出現する「常温で解凍してください」自分でやりますから《自己解凍形式》。コンタクトを流したまま液体を垂らしたまま熱

の頬、窓の結露、日向の黴、常温の定義がわからないけどPCの扇は
遠慮なく煽がれる。やめて冷やさないで常温で、常温でとかすふーっ
と息吹きかけてこのままとけるまでは道がない

nowhere fast
nowhere fast

（でも、冷やさなければ菜の花が生き返る）

目の前には小紋が突如飛び散りくしゃみする。恐ろしき傾斜、地獄の
スロープ、越えるなら裸足がよさそうな跨線橋を一息に。駅間ちょう
ど真ん中の
次は←渋谷 次は→恵比寿
並木橋の下、埼京線が走りぬけるとき叢には風が吹くので凍らせ戻さ

ざるをえない圧縮ファイル

（沈め菜の花よ沈め）


「失くしたエルベ・シャプリエのバッグをとどけてくれた深夜バス」

「今朝とれたばかりのスズキをあざやかについばむ手捌き」

ニュース映像にうつる人たちの影を踏みあぐねているうちに湖はとけはじめる。キーひとつでワープできるものなら覚悟決めた人差し指で押しまくれ

Tab |←→| Tab |←→|
Tab |←→| Tab |←→|

腫をよろこびに替えることができるのならば腹腔は小石で満たされて

くれるだろう。愛怨峡では雪の上に花火が転がってクレイジーダイヤモンドと名づけられた錯視。氷に閉ざされた世界から見上げたとき眼球を通過した小さな星はローズクォーツ色した岩塩。星と氷と塩と、見分けのつかない結晶たちはいつしか内合しているのに会合周期は解明されそうもない

融雪洪水に陥落した首都高速道路
越堤／溢水／
正弦定理がわからなくて距離はつかめないトランシット
とけゆく／とけゆかない
コマンド下す小指にはきいろの花びら、中指のみどり支える下から主義のＰＪＴ《プロジェクトチーム》、酸とニガヨモギを混ぜて熱し髄鞘に流し込み、凍りついたなかに眠る菜の花はそのままにしておいてあげたい

（浮上しないで春を　く・だ・さ・い）

掌中にあったのは錯覚だったのかパラダイスロスト、永遠の価値を持つものなどなくてパラダイスシフト、恢復する束の間の眼球にはめ直すコンタクトレンズがすべって目の裏側から脳の奥へと喉の奥へと、咳するくしゃみするくしゃみするするる。目薬は塩水のパラダイムシフト。パラダイスリゲインド、回り続けるエアロビジークルーザー、本当は避けるべき緩慢凍結、再結晶化のあとには大いなる霜が

親和水域

ばら色のあぶくで着信を合図する人魚のスマートフォン
急かされて街へ押し流され泳ぎ進む

大通りはいつもの凪
（人魚は普段通りのほほえみ）
心のうちをけしてみせない

乳酸菌の坂をのぼらない

（それでも背中には凝り）
瘤がぶつかりあってとける

波は荒れていないだろうか
（海の家のボートが乾ききっている）
ささくれだつ表皮

光ファイバーの魔方陣に取り巻かれた廻遊式庭園

海岸近くのコルシカはまだ夜明け前、こちらをにらむ仕込みの暗さに白色電球の刃。槍の先を見据えた土地でかわいらしい布地を買い求め、だいじそうに抱いている女の子たち。看板に焼きつけられた大きな瞳のおしゃれアイコンのながい睫毛から落とされた輝きが無残にレースの裾を引き裂く噂に、みんな怯えて道を曲がり海に背を向けてしまう。

ワゴン車から買うドリンクの飲み口はわかりづらくて惑わされ

冷めやすいカフェラテの
ぬるい液体が漏れ出していく
乾けば息吹き返す乳たちよ
白く、白く浮きあがれ

人魚は眺める。山の舳先から見下ろせば船からなみなみそそがれる椅子の群れ、降りて進めば切り通し。タルトの上のマスカット、フォークで切りきれない台座の硬さはすでに痛みのように思え

断崖から落ちるアイたちは
ユウに援けを求めない

一度は歩いてみたかった高架の上に
きょうくらいは寝そべってもかまわないよね

仰向けになれば
ほら
あそこに

魔方陣のなかに隠されたものの正体を探れ

浅瀬は青く広がり、河岸段丘はほろほろとフォークに屈す。マッシュポテトの土地は上昇する海面にいともたやすくとけてしまう浸食平野。抜け出した会議の結果はメールで伝えられて承諾のボタンを押下する。人魚の尾鰭よりも海老の尻尾に価値があろうともいま大切なのはこの海を泳げるかどうかだけ

自らをばら色のあぶくにして呼び出し音を鳴らすのか
泳ぐのか

それとも
飛ぶのか

わたしが書きつけたこれは

頓服が効き、一日を解く。ふわふわしていたあやかちゃんの裾はいつも以上にコンクリートポエトリーだった。観念的な詩を書くサカイ君からの案内はがきの字数が彼らしくなくて困る。三百年を経れば裏にメモ書きしたフライヤーの読解を試みる保己一が生まれ、その紙を紙背文書に分かつことを思う

昼間はずっとＲＦＩＤディレクトリに八方塞がっていて、咀嚼しかできていないのに今夜は百年前の考課状も共に嚥下し、明朝までに消化

せねばならない。社会人なら納期は守れ、納期を守ってこそのクオリティ。室外機のバイブレーション、アイシテナイのベリサイン、テスト用無料ＳＳＬサーバ証明書の費目が勘定科目が決算期ごとに揺らぐ迷惑なカタカナ表記の営業報告書。赤い光弾の年度末が放たれ、次のＱのためのアプリオリだけによって動かされゆく我がチーム。四月からの組織改編でブランド構築課の所属になりますが業務内容に大きな変更はありません

先週、丸の内と大手町のはざかいのビルの５Ｆですっぱいバランスボールを丸飲みさせられ何度もでんぐり返った。公転する自転の受動転ぐりぐらくるりくら（早く吐き出したい）（固くなる前に）

わたしたちは息つかず働きます。スクリーンはセーブ状態にならないスタンバイに戻る暇はないスリープ状態にもなれなくて〝キーボード

に指べったり病〟に罹患。手を使わずにサブウェイのサンドイッチ食べられるようになってしまった（すごいでしょ）いつかボリショイ大サーカスに入るんだ！川原に作られたテントで地味に前座を務め上げるんだ（見に来てね）日本におけるシルクドソレイユがサルティンバンコを起点にアレグリアを経てトーテムに進化したことを千年後のダーウィンは突きとめるだろう。だがそこにCXやAX《テレビ局》がかかわっていたことまでは解明できるのか。彼がこの膨大なアーカイブの渦を繙くのとまばたきはどちらが速いのか（考えるまでもない）世間じゃ博士は十人に一人の割合でいまもどこかで死んでいるらしいけど、どうにかあとの九人となり生き抜いてわたしは史料になりたい。歴史から欠落する位相を身を以て補完したい。百年後のセワシ君、この文字が読めますか？あなたがたのためにわたしは固有名詞を、数値をいつでもこうして書きとめています。二一世紀というマテリアルワールドの断簡です

＊

猛烈に敷設された線路に回送列車として生み落とされた。表示板の「Not in Service」なんてタテマエみたいなものだしこの先に車庫があるって確信もない。だからねぇダーリン、不法侵入してほしいんです。好き放題乗り込んで踏みにじってよ。いまはte（あなたに）te（あなたを）（あいしてる）ほんとうに伝えたいことは（　　　）そして（　　　）撒いておいたブレッドクラム《パンくず》を目印に。垂直方向のナビゲーションを水平方向のそれと格子柄に組み合わせてウェブサイトのユーザビリティを高めるのは大切なこと。合わない帳尻が超性能のマイスリーみたいに眠気を誘う。謎が残存することもまたよのなかの必然である、しかし誰しもすべてを知りたがる。そうして理由づけに成功した気になりたいのだ。自分の中の人をひとり呼び出し向かい側に座らせて本日の省察を読み合わせ、まちがってたら（修正して）すべてに必要な物質的諸条件、齟齬だらけの時間軸、妥協点にするアとエの間のæ

＊

不言不語《いわずかたらず》の私語をごまかし剽窃しようとする人たち、著作権の侵害は十年以下の懲役または一千万円以下の罰金が科されることになっています。月読みも星読みは自らでは行えないので日課として石井ゆかりと鏡リュウジと細木数子を一度に読み、読み合わせが悪くて慢性胃炎に侵されるけど治らないんです癖だから。次回は内視鏡検査にしましょうねとドクターはやさしい。きょうもあしたも今週も来週も今年も来年も因果律にしたがって動くのだ。きょうの金星の位置を点に落とすこと、きょうの天王星人プラスのツイート、これらは些細だけれど五百年後・二六世紀の預言者への大切な財産《こよみ》として遺る。ＬＩＮＥの通知音、メールの着信音、四月も二週めになれば少しはおちつくと思うから（ねぇねぇスカイプしよ？）濁った消化剤がごわごわと煩い、ざわめきには頓服を飲んでぽかん、観念はコンクリートと踊る。

Ⅲ　とどかなくても……

Fairy Stories

ひらけゴマでオープンした世界へと向かった人の旅立ちに幸あれかし。ポケットからおやつを落としたままで足音が遠ざかりゆく。落とされた箱、折れてしまったいちごポッキーを咥え線路を見おろしている。ピンク色に塗られたハート形の軸をこの世界の心柱《しんばしら》にしたい。世界の中心に短く可憐な柱を立て周りを砂防林で埋め尽くし、キュートにそまってほしい

原材料は半分すら愛とは違えて
潔いほどの偽物感にうっとりと美味

小麦粉
砂糖
植物油脂
糖
粉乳
ショートニング
バター

天然ものを排除して

乾燥いちご
デキストリン
食塩
脱脂粉乳

炭酸カルシウム
乳化剤
アカビート色素
香料
調味料（無機塩）
膨脹剤

呪文を唱えて最後に「なお一部に大豆を含んでおります」と付加し、すこしだけ本物も入っていると思おう。甘酸っぱさがいつまでもは続かないことに気がついてもこの世界のまんなかにかわいい色を。海の青、空は白い呼吸、わたしのかわいい愛の星、骸晶から成る愛の星

コンビニコーヒーとか

ブレンディスティックティーハートとか
そんなものの標準値が指標になる前に
血圧計を油圧計に換え終われれば
電波時計が一秒ごとにわがままを言うことはないだろう

（半年前のことを考えた）
（クリスマスツリーの消灯のことを考えた）
（しまったデコレーションボールのことも）
（一度だけ鳴った鐘の音階はイ短調だった）

見出しマップ
ルーラー
グリッド線
アウトライン

激しい愛を込めろうそくを赤く塗った長い髪の女《ひと》を思い出し、心柱に火をつける。小さな炎をその先に燃やしてポッキーのチョコレートはとけてしまった。ろうそくの炎が上を向いて燃えるのはまわりの空気が対流するため。白砂が薄桃色に染まってゆく。静かにかわいく世界を色づけ広まってゆくカラーコード

♡

♡

炎に肌がかざされるとその色は美しい。自焼没落という高慢をかわいい色に変えて消えていく指を使って、焼け焦げた箱の中から新しい一本を取り出しやり投げの要領で投げた

つぶつぶいちごポッキーハートフルはピンク色、時速300kmで75Mbpsで
飛んであなたの胸に
届きますように

ポストペットみつけた

クローゼットの奥深くに古いPC、気まぐれにクリック《ノック》し在りし日のペットの部屋を開けばウサギはまだ息をしていた。ほこりまみれで生きていた。真水洗いして綿でくるむとうれしげに輝く。三回洗って四回撫でたら蘇生してしまう恋の残像、君のなまえはマルグリット。さびしくても死なない儚くないマルグリット。永遠を試したいいたずら心が、寿命を過ぎた窓を拭く

うさぎが運んだ無数の恋文《ラブメール》を

読み返す羞恥に
耐えられたなら

ミディ丈のスカートで薄暗さを受けとめつまんだマルゲリータピッツァ。リゴレットの意味を知らないではしゃぐ店先にくびよ捥げ落ちろ。氷を欲したサンペレグリノのグラス鳴らして歌うLibiamo, libiamo, ne' lieticalici喧騒を耳ではなく皮膚に聞くと時間は双方向に配信される

ずぶずぶのなかに
のこされてるのは
どっち?

リゴレットスパイスマーケットではだれも乾杯の歌の意味を知らない。

安ワインでLibiamo, libiamo, ne' lieticalici、デュマ・フィスがくるくると円盤まわすマルグリット、ヴィオレッタ。赤い色のマルゲリータ白い頬のフォルマッジ、氷を入れてサンペレグリノ、緑の瓶が笑い出す。椿の最後をみとるのに役立つミディ丈のスカート、落ちるくび裾に請けてLibiamo, libiamo, ne' lieticalici

ウサギはまだ、息をしている

かりん

砂場を掘ると小さな移植《イショク》ごてが浅い地底にすこんと降りる、それはほとんどあっという間のできごとでした。けれどもいま鋤簾《ジョレン》をかけているこの砂地の底はまだ先のようで、だれかにそっと声をかけられ思い出したように日が落ちる刻《とき》、早くてもその時刻まできっと底はこないのです、夜も、朝も、あせばみも、かじかみも。壁面に光る火山灰層《スコリア》をいとおしめば、いいわけが綻びに積もる砂を崩れさせ、風が吹いて埋もれるのです。うえから籠に入った黄色い球体がばら撒かれては割れ、先んじて砂が擦れて呻きます。土の壁なら目を凝らし、細かな違いを見つけ、爪で線を引いて層の境界を露わにしてゆきましょう。明らかな流れがそこにはあって、同じことがおそらくはそのひとたちのなかでも起こっているのです。黒い層、赤茶けた層、光を含む層、そして果林を抱いたことのある層、漂泊を嘆いた層……。現在《いま》こうして同じ現代《とき》に合流して何を考えているのか知る由もありません。伝わるすべも持ちません。爪のなかに入った土たちは水道水に洗われてどこかへと消える運命です。風は吹かなくても土埃は絶えず、目のなかに耳のなかに積もりますが、それをうれしいと思えるようになりましょう。目を潰されて暗いことを言祝ぎましょう。砂たちは泣きます。かすれた喉から絞り雲壌を嘆くこともなくそれが務めとばかりに。少しの力が加われば壁が崩れて埋まるに違いありません。そのときを待ちながら夜のなか、六連星が登場するころにはこの地底の平衡は失われ、ひたすらな眩暈、石細胞だらけの果実の呪い。凍みの大地、苦渋の熟、ふさがって鼻腔は働きを免れ、耳孔は泰然自若としてひるまず、一寸だけでも唇がうごく隙には、なにをつぶやくのがふさわしいのでしょうね。土が砂が去ったあとも残る壁をみつめ、石くれた手指で実らぬものをさがします。いまはこうしているしかないから。

absence

北側のエントランス脇には一週間前の雪が汚れながら生きている。無数の一瞥を投げかけられるだけで、なにかを左右することもなく。

きょうもあの海には雪が降るだろう。こんな天候に出づるはずはないとわかっていながら、見ることもない海の雪とその身を案じていた。ずっとずっと案じていた。氷点下の街にいることを思いながら、快晴の都会の駅で乾燥した手にクリームを塗りながら。それなのに恐ろしいネットワーク《通信網》が、億を超えた数のうちにただ一人の誰かの消息を容易に知らせ、不在の確たることを叩きぶつけてくれる。その事実の針先を避けこれ以上締まらぬはずの頸を絞り落とす。寒の水がうれしかったことをもう思い出さぬように命じてミソノ包丁、血を流さずに肉だけを削ぐ。始末しきれなかった神経が訴えるから引っこ抜く。遠くなる意識、こんなあまくるしさに溺れ続けられるのならこのまま引き裂かれていたい

氷点下の街を知らなくても
凍える水の絶句は聞こえる

ずっと、ずっと案じ「唵呼呂呼呂栴茶利摩登枳娑婆呵《おんころころせんだりまとうぎそわか》」と唱えて堪えたのだ。海に降る雪を思って目を閉じて辞世を書き置き数える里程は一〇六七粁。岐路がいくつあろうとも届く先は同じ、鎮めて西の律、雪玉をあたためてなくしましょう、ともに。

happiness

なまえとハートマークをケースに刻印してもらったエスティローダーのピュアカラークリスタルシアーリップス#1を塗って肌なじみのよい色で装っても、賞味期限の長いチョコレートたちは香りももたらさずにただいまだけをハート形に見せかけて地下室の天井がきょうは一段と低い。ＰＣ入れた重いバッグを提げて転げるからざらつく夜道にこすられてリップはただ皮とともに剝げ落ちるだけ、でもいつかは必殺の一陣もあると思うの。ニベアの威力って実はすごいというのが近ごろとっても噂だけれどウソに決まってる、そんなお手軽が地球を宇宙をダメにする。飲めばきっとかわいいといわれるはずスタバのカン

タロープメロン&クリームフラペチーノ®、吸い込む甘いなだれにな
ぜだか塩味を感じてる。冷蔵庫の中では三日前に買った月が熟れ過ぎ
てやわらかく苦くなっているだろう。去年スーパームーンの二日後に
頂戴したスーパータチマチヅキは放っておいたら干からびた。保存
は困難と共にある。きょう、ピエールマルコリーニ買いました。ショ
コラティエ本人と熱く手を握り合いサインもらっておきました。届く
包みの黒い文字は落書きじゃない、彼がかわりに書いた愛のおまじな
い、しっとりしたプラリネはじゅくじゅくしている愛の形容です。グ
ラデーションボブにしたことを知ろうとしないあなたは唇の色だって
見ることはない。

フルラのケースに入れたパスモ提げてちょっとそこまで。ジバンシィ
のル・プリズム・ブラッシュ#21をいつでも顔色よく見せられるように
リボンのついたアンテプリマのエコバッグに入れて。ちょっとそこま

で、ちょっととおくへ
もっとそこまで
もっととおくへ

（ゆくから）
（むかえて）

羽田空港のショップで売られているよーじやのあぶらとりがみは表紙の赤い限定品。そろそろ使い終わってしまうからまた迎えに行かせてくださいまた見送りに行かせてください、さくら色のも買いたいの。箱にマルコリーニ詰めて宛名をしたためながら来週の仕事の段取りと通帳の残高と知らない街のことを考えていた。川の端っこに立っていれば会えるかもしれないのに大雪の影響で、台風の影響で、永遠にあしたは飛び立てない。そんな日々でもいまは素敵いつよりもいまが素

敵傷つけられた心ってなんて素敵。エスティローダー塗り直し自分用
のハーシーに口づけて、かなしみならば咲き誇れ

エルゴノミクス／響後

そのまなざしよりもつめたいあたたかな氷の寝床で疼くこめかみをいたわり、手を伸ばしたら届く暗渠《おがわ》のさらさらをせせらぐな、咎める。光と音を避けて仄暗い谷底を求めていたの。寝たいならいつでも枕を貸してあげるから毛布になってくれますか?雷雨がなじんできたこの街で清濁の滝をかわうそが流されてくるなら誘って眠りましょう、坂の上の大通りに列つくる忌まわしい槐の花が散る季節ならばいまが。

小さいュの唇つくればキュートになれた。目の下に四分の三だけぼかしながらひいていたアイライン、深い場所から観天望気。枕カバーが黄ばんで毛布が破れかけるから、吸盤で貼付されているタオルかけをタオルごと引き剝がしても慟さずにいなくては。低気圧の日と低血圧の日はカードにして大切なことを書きこんで、封筒に入れるもの。まっしろな封筒の位置を入れ替え入れ替えても泣き腫らさないでよモンモール。

(吸いついて)
(甘嚙むだけで)
(嚙みちぎる)
(傷み　は　何も　束縛　　　　　　　しない

月長石輝け、願いかなえてよミルキーの暗い川。どうしてなの濁り水で氾濫をして喧《かまびす》しくて得体が知れない。騒擾に乗ずればオッドアイのトートがシシィをたやすくものにする。得難いぬくもりを奪い取って冷やかかさをよろこんで、投げつけるように降るように喉だけが振るわされる四六駢儷な歪《いびつ》の痼り。半跏思惟の指先に小さなムーンストーンのっけてる三‰の散華は、あの声が割り切れなさを、届かない遠くの海峡に打ち上げたスターマインの。ゲリラ豪雨の街の地下から残暑お見舞い申し上げます。

骨に願いをぶら下げてしあわせになりましょう。光の速さで絡まってわたしの枕で眠った人よ、あなたはずっと毛布でいてください。そればライナスの毛布、枕を持って立ちすくむわたしは片頭痛のルーシー。谷底の暗渠はいつかカタコンベ、猶予をくださいモラトリアム、失言の湿原が広がってもいつだってどこだって寝られるのが特技です。早くいらっしゃい、テンピュールが砕けて真砂《まさご》になる前に。激しい水圧でジョーゼットのスカートが吹き返されて所謂デフォルトの状態になり、ナオハルが口を滑らせなくてもパルテノン神殿は人々の溢、細かな花弁、内呼吸、行方知れずの白い封筒、眠る前の儀式。

海峡よおやすみなさい

渡り終えたなら知らせ《コール》をください。願いと祈りは眩しすぎる海の光ブルーライト。セメント樽に手紙を入れるかわりに、ソースコードに託したメッセージは一夜干しのルサンチマン。詰められるならサバ缶ではなくコンビーフになり、くるりくるくる剝かれてあげましょう
無防備な姿で思いやる日々のあれこれ。青山通りを歩道橋で北から南へ移るときのぼんやりとした覚悟、週に何度も往還する渦にあるものは、最早その程度の漫然とした重みでしかないのかもしれないと想像してみる。けれど、いくら日常と化していても泳いだり走ったりでは進めない波立つチョークポイント。一日に四度も変化する不穏当な

潮流に海上の人を強く思い、一一時四五分の返信を二三時四五分まで待ってるような毎日がうれしいの?予測変換だけで記述された慇懃なメールがそれでもセロトニンのようにからだに染みゆき、週に一回だけでも海峡のこちら側にある遠い声を聞けるならうれしいの、湾に呼び戻され眠りから覚め表情を変えたそのあとの目の烈しいつめたさ、辛辣な水のつめたさがうれしいの

雲と雨は西からから滲み来るのにおひさまは三〇分遅れて西へといそぐ。自転と公転のロジックを消化するにはきょうはめまいがしすぎている。246の継ぎ目を眺め続けながら考えているのはあの海に眠ること。最後の骨粉は海水にとけ消えるのか、粒のまま永遠にたゆたうのか。もしもとけることがないのだとしたら海に手を差し込んで一粒だけ拾い上げてもらってもいいですか

今夜も安定剤を喉の奥に落としこみ

（おやすみなさい
（よい夢を）
（フォンブラウン市で
（（あいましょう）

上限の月のくぼみは耳たぶをなぞった圧力のあと
海峡、ありがとう、朝までは
かっこをとじて、

おやすみなさい）

目次

Ⅲ とどかなくても……

紺野とも◎こんの　とも
1972年岡山県岡山市生まれ

詩集
『かわいくて』思潮社、2014年
『擾乱アワー』マイナビ出版、2015年（オンデマンド）

海峡よおやすみなさい

２０１６年10月7日初版第1刷発行

著　者　紺野とも

装　幀　西田優子

発行者　上野勇治

発　行　港の人

神奈川県鎌倉市由比ガ浜３-11-49

〒248-0014

電話 0467-60-1374　fax0467-60-1375

印刷製本　創栄図書印刷

ISBN978-4-89629-322-7